MI PAPÁ ES
GENIAL

Título original: *My Dad is Brilliant!*
Traducción: Juan Manuel Ibeas

© Del texto e ilustraciones: Nick Butterworth, 1989
Publicado en Gran Bretaña por Walker Books, Ltd.
© Esta edición: Grupo Anaya, S. A., Madrid, 1990, 1999
Juan Ignacio Luca de Tena, 15. 28027 Madrid

ISBN: 84-207-9267-5
Depósito legal: M. 30.805/1999
Impreso en ORYMU, S. A. Ruiz de Alda, 1
Polígono de la Estación. Pinto (Madrid)
Impreso en España - Printed in Spain

MI PAPÁ ES
GENIAL

Texto e ilustraciones de
Nick Butterworth

Mi papá es genial.

Es fuerte como un gorila...

y corre como un rayo.

Sabe tocar cualquier instrumento...

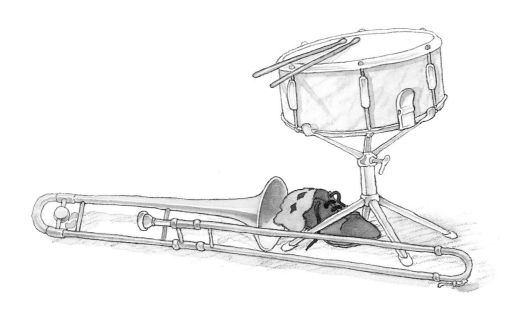

y cocina de maravilla.

Es fantástico
patinando…

y es muy hábil
haciendo cosas.

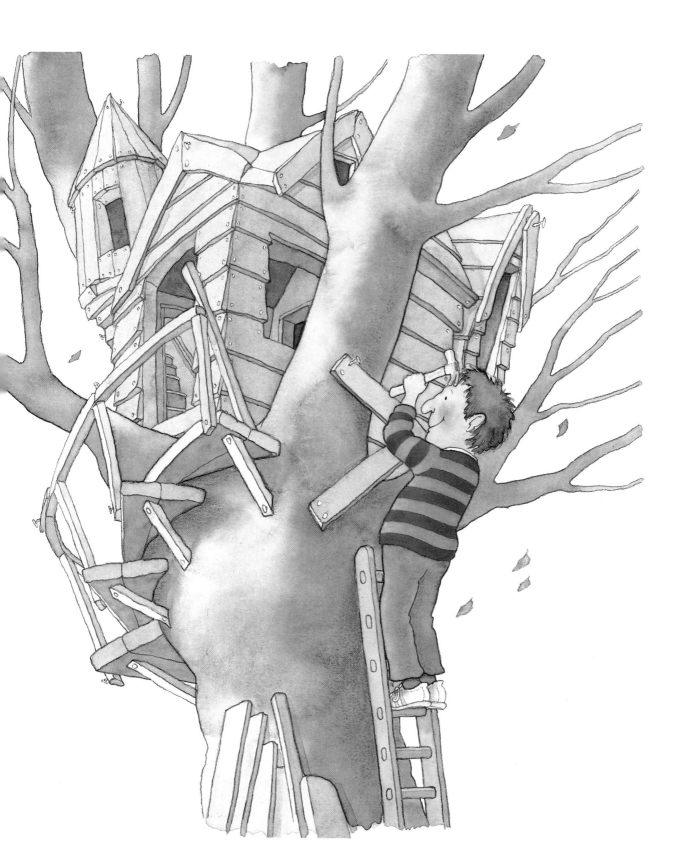

Canta como una estrella del pop...

y hace malabarismos
con cualquier cosa.

No le asusta nada
la oscuridad…

y cuenta los chistes
más graciosos
del mundo.

Es estupendo tener
un papá
como el mío.

¡Es genial!